AF280453

Ellinor Wikman

Havets drottning

Förlag: BoD • Books on Demand, Stockholm, Sverige
Tryck: Libri Plureos GmbH, Hamburg, Tyskland

ISBN: 978-91-8080-075-4

Prolog

Han sjönk ner med foten i sanden och vacklade till, på en sekund fanns hon där och fångade honom innan han föll. Vågornas kluckande fick honom att blinka för att förstå hur nära han var att nå vattnet. De senaste dagarna hade synen svikit honom precis som många andra kroppsliga funktioner, men känsel och hörsel var sinnen som skärpts sedan hon kom in i hans liv.

"Hur i hela fridens namn kunde jag ha sådan tur", mumlade han.

"Sa du något Rolf?" undrade hon.

Han vred på huvudet en aning och lät henne se hans tårar.

"Du är en ängel. Jag trodde inte på änglar innan du kom till Laxvik", sa han och höll åter på att förlora balansen.

1

Aurora

Sandkornen letade sig in mellan tårna och värmde fotsulan. Hon nådde vattenbrynet och kunde äntligen andas ut. Nu var hon ett med havet igen. Som hon längtat efter att känna det salta vattnet omsluta hennes kropp.

Bara när hon befann sig vid havet förstod hon på riktigt vem hon var. Ett vatten som förenade jord och hav, löpte runt jordklotet och fick henne att känna sig som en del av allt, som en viktig liten bit i ett oändligt vackert pussel.

Det tog nästa två timmar för henne att ta sig till kusten och hon avskydde att köra bil. Hon ville inget hellre än att bo vid havet, men föräldrahemmet tillföll henne när mamma dog, eftersom syskonen lämnat landet.

Mammas sista ord slet och drog i henne. "Huset är mitt barndomshem, lova att aldrig sälja det." Blicken hade varit klar i några sekunder och sedan blivit tom och kall. Allting hade gått så snabbt. Mamma hade alltid haft bråttom. Hon ville hem till pappa, upp till himlen, bort från jorden. Det enda som kändes svårt för henne var att lämna huset och döttrarna.

Aurora plockade upp en grå sten från havsbotten och vägde den våta lilla stenen i sin hand för att sedan kasta den ut i det blå. Hon ville kasta bort oket mamma placerat på hennes axlar. Att vara ensam kvar i ett hus fyllt av minnen var ett straff, men hur skulle mamma kunnat förstå att det som varit hennes allt var Auroras värsta plats på jorden.

Barndomen hade varit långsam. Syskonen var så mycket äldre och Aurora hade aldrig känt att hon passade in. Det var som att sitta vid ett dockhus och se andra leka, men aldrig förstå deras lek, utanför, betraktande och oförstående.

När hon var i fem års åldern hade familjen gjort en resa till västkusten. Aurora följde med utan att veta vart de skulle. Kanske hade någon försökt förklara, men hon hade inte förstått. Hon mindes så väl när pappa kört längs med havet och hon sett det vidsträckta oändliga blå för första gången. När hennes små händer fick smaka på det salta vattnet var det som om hon vaknade till liv, en lycka och glädje hade spridits i varje cell i hennes lilla kropp.

"Behöver du hjälp?"

Aurora ryckte till. Uppfylld av tankar hade hon vandrat rakt ut i havet så att endast ögonen och hjässan befann sig över vattenytan. På stranden såg hon hur en ung man i hennes egen ålder slet av sig sin t-shirt och sprang mot henne. Simtagen visade hans starka armmuskler. Allt gick så snabbt. Hon ville protestera men varken hennes armar eller röst gjorde som hon önskade. Nu när hon var ett med havet ville hon vara ensam.

Hans blonda hår kittlade hennes kind och doften av saltvatten och tång blandades av en manlig doft. Hans armar var överallt och hon insåg att hon måste spela med, låtsas att bli livräddad. Han kunde ju inte veta att det var så här hon kände sig som mest levande.

Han drog upp hennes kropp på stranden. Sanden rev hennes skuldror, men benen smektes av havets vatten. Hon fortsatte att blunda, kände hans öra mot hennes bröstkorg. Aurora slog upp sina blå och mötte hans gröna blick.

"Du lever", sa han och solen bröt fram mellan molnen. Han kisade mot henne och hon nickade.

"Jag heter Nick", sa han och satte sig intill henne.

Kunde han inte bara gå. Kanske skulle han lämna henne ensam om hon sa tack?

2

Nick

Han skrek åt honom att stanna men Nick tänkte inte vara en sekund till i sin sjuka, otrevliga och ömkliga pappas närhet. På några minuter var han på stranden och joggingen övergick snart i löpning. Pulsen steg och pappas röst släppte taget om honom mer och mer. Hur kunde mamma lämna honom i denna absurda situation? Nej, han fick inte tänka på mamma nu. Han måste trötta ut kroppen så att hjärnan inte orkade älta allt om och om igen. Blodsmaken i munnen kändes välbekant och svetten från pannan rann längs tinningarna. När tankarna var utplånade såg han något guppa över vattenytan. En människa?

"Behöver du hjälp?" skrek han men fick inget svar.

Han drog av sig t-shirten och var snart i vattnet. Det var en ung kvinna som stod där helt orörlig med näsa och mun under vattenytan. Hon blundade och han antog att hon andades men han visste inte säkert. Med all sin kraft lyckades han få henne in till land. Hon var nätt men ändå var hennes kropp tung som bly. Andades hon? Det långa blonda håret smetade mot hennes bruna hy och blå baddräkt. Han tryckte örat mot hennes hjärta. Det dunkade och han andades ut.

Nicks blöta kropp var full av sand och han försökte borsta av armbågarna. Det var då hon öppnade ögonen. Han drog efter andan. Det var som om han såg alla världens hav i dem.

3

Aurora

Aurora lutade kinden mot den svalkande bilrutan. Det blåste upp till oväder och genom framrutan såg hon hur vågorna tog sats och rullade in mot stranden med full kraft. Hon längtade tillbaka men var för trött. Bilresan från Nissafors hade tagit på krafterna och att spela medvetslös hade dränerat henne fullständigt på den sista energi hon hade kvar. Varför hade den där Nick varit tvungen att livrädda henne?

Han hade följt henne till bilen, sett till så att hon tagit sig in i förarsätet och dröjt sig kvar vid dörren. När hon sagt tack hade han äntligen lämnat henne ensam.

Hon blundade och tog ett djupt andetag. Som så många gånger förut önskade hon att hon kunde sälja barndomshemmet och flytta närmare havet. Mammas sista önskan gjorde det omöjligt. Kanske kunde hon hyra ut? Men deltidsarbetet på äldreboendet skulle aldrig räcka ens till en liten etta på västkusten. Hon suckade och öppnade bildörren, tog sig mödosamt ut ur bilen och hämtade kvällsmat från kylbagen i bagaget. Tänk att hon alltid glömde att äta. Det ljusa brödet med ett tjockt lager smör och två skivor skinka fick henne att vakna till liv igen och efter några klunkar vatten backade hon ut från parkeringen vid stranden och körde långsamt hemåt.

4

Nick

"Hur i fridens namn ska du kunna skaffa dig ett vettigt jobb om du bara går här och dräller?"

Pappas saliv träffade Nicks panna när han spottade ur sig orden. Han hade precis ätit en omelett. Hur många omeletter Nick gjort till honom sedan mamma stack var svårt att säga, men snart hade hon varit borta i 365 dagar, så minst 365. Pappa kunde inte ta hand om sig själv och han tillät inte hemtjänsten att komma över tröskeln på huset. Vad skulle Nick göra? Lämnad honom ensam för att dö. Hur elak pappa än var, så kunde Nick inte vara lika hjärtlös som mamma.

Badsäsongen var över och därmed var Nicks arbete som badvakt slut för denna gång. Det hade varit en sommar med mycket sol och de flesta dagar hade han haft fullt upp med oroliga mammor som tappat bort sina barn och rädda tonåringar som sökt adrenalinkickar. Som tur var hade ingen kommit till skada.

Han lämnade pappas sovrum och lät den smutsiga tallriken stå kvar på sängbordet. På köksbordet låg brevet. Han fingrade på det, vände och vred som så många gånger förut.

Han mindes den där dagen i somras när han livräddat den unga kvinnan. Hon sa aldrig sitt namn och när han bestämde sig för att gå till hennes bil så var den borta. I stället för att vända hemåt hade han gått till Laxviks strands parkering i hopp om att hitta något som skulle ge ledtrådar till vem hon var och vart hon kom ifrån. När han hittat brevet kändes det som om han vunnit tiotusen kronor på en skraplott.

Nick satte sig vid köksbordet och läste brevet igen.

Kära Aurora,

Förlåt för att jag inte kom på mammas begravning. Det är fullt upp här i England. Barnen har många aktiviteter och Andrew arbetar till sent nästan varje kväll. Hoppas du förstår!!

Hur mår du? Hur har du det på äldreboendet? Behöver du hjälp att sälja huset?

Jag finns här om du behöver mig.

Tiffany

"Aurora", viskade han.

"Det värker. Kom med vatten så att jag kan ta mina mediciner", ropade pappa.

5

Aurora

Alarmet på mobilen ekade i sovrummet. Aurora sträckte sig efter den, men somnade innan hon hann stänga av. Tröttheten ville inte lämna henne. Hon fick inte komma för sent till jobbet, men hur skulle hon ta sig upp ur sängen?

Septembermorgonen var kylig och Aurora sörjde att hon bara besökt havet en enda gång under sommaren. Och mötet med havet blev inte alls som hon önskat. Nu var det för sent att bli ett med havet. Det var för kallt och skulle förta njutningen. Smekningen av det salta vattnet lugnade henne bara om det var omkring tjugo grader varmt.

Hon knäppte på cykelhjälmen och begav sig till äldreboendet utan att äta frukost. När hon hjälpt alla på boendet att ta sig från sängen till frukostbordet skulle hon sätta sig ner och äta en smörgås tillsammans med dem.

Arbetsdagen flöt på bra, men sorgen över att ha missat sommardagar vid havet låg som en tung blöt filt över henne.

När hon var hemma i föräldrahemmet igen kände hon sig trött på alla minnen som spelades upp. Så snart hon låst upp ytterdörren kom allt över henne, kroken där mamma alltid hängde sin kappa, byrån där mamma ställde sin handväska och fotografiet av familjen på hallväggen. Kappan och handväskan hade Aurora skänkt till välgörande ändamål, men fotografiet hängde kvar. Hon satt i pappas knä och Tiffany stod mellan mamma och pappa, som satt på varsin stol. Alla log mot kameran, alla utom Aurora.

Cloe och Jane hade redan flyttat till Australien. Hon visste inte mycket om dem. Kanske hade de också känt sig malplacerade i föräldrahemmet eftersom de flyttat så långt bort?

Aurora gick in i köket. Mammas gardiner, mammas trasmatta, allt i huset påminde om mamma, påminde om mammas sista önskan. Hon sjönk ner på kökssoffan och la huvudet på bordet. Hon ville inte bo kvar, ville inte vara en del av det som inte kändes som hennes längre. Tårarna droppade ner på träbordet och bildade en liten pöl.

"Ta mig till havet och gör mig till drottning", snyftade Aurora och en salt tår letade sig in i hennes mun.

6

Nick

Rivstarten fick Nick att vakna till liv. Det var länge sedan han kört bil. Nervositeten fick honom att bita på naglarna. På passagerarsätet låg brevet från Tiffany till Aurora. Enligt adressen skulle Aurora bo i Nissafors, en plats som inte Nick visste fanns innan han fann brevet.

Om och om igen försökte han intala sig:

"Vad är det värsta som kan hända? Vad är det värsta som kan hända?"

Och svaret blev detsamma varje gång.

"Att hon ber honom åka."

Det regnade och hösten var på intåg. Han hade inte sagt något till pappa bara lämnat två smörgåsar och ett stort glas vatten till honom vid sängen, medan han sov. Det skulle räcka för honom som kvällsmat.

Vindrutetorkarnas gnisslande ljud gjorde honom på något sätt lite lugnare. Nyfikenheten över vem Aurora var vann varje gång han saktade farten och letade efter en plats att vända på. Han kunde inte vända nu när han kommit halvvägs.

Regnet avtog och han skruvade upp volymen på radion. Mammas favoritlåt påannonserades och han övervägde att stänga av, men lät minnena skölja över honom.

Hon hade dansat i köket till *The Best* av Tina Turner och Nick hade skrattat när hon hoppat upp på köksbordet i refrängen.

Pappa hade kommit in med matkassarna och kliat sig i huvudet.

"Vad gör du?" hade han sagt.

"Ser du inte att hon dansar", hade Nick skrattande svarat och snart skrattade de alla tre.

Det var på den tiden när Nick fortfarande gick i gymnasiet, pappa var frisk och mamma var glad.

Skylten med *Nissafors* dök upp och Nicks hjärta dunkade hårt i bröstet. Skulle han hitta Auroras hus? Tänk om hon inte var hemma.

7

Aurora

Aurora låg nerbäddad i sängen och såg på serier från 90-talet när det knackade på dörren. Det var bara brevbäraren som kom på besök för att lämna brev och klockan var långt efter fyra så det kunde inte vara paketleverans och dessutom hade hon inte beställt något. Det envisa bankandet ville inte tystna och Aurora hasade sig upp ur sängen.

Hon hade sjukskrivit sig och hade behövt handla mat, men tog sig inte ut ur huset.

Dörren var olåst. Hon öppnade långsamt och vid första anblicken såg hon ingen. När hon luftade sig ut insåg hon att någon var på väg att trilla av trappan för att denna någon stod bakom dörren.

Hon tog några steg ut och såg honom, livräddaren Nick. Vad gjorde han här?

"Hej", sa han förläget.

Han var längre än hon mindes honom. Säkert en decimeter längre än henne.

"Vill du komma in?" sa hon till slut.

Han nickade och hon stängde dörren en aning så att han kunde komma in på mitten av trappan igen.

"Jag blev så himla nervös, så jag gömde mig", sa han.

Han såg sig omkring och hon gick till köket.

"Kaffe eller te?" ropade hon.

"Te", sa han och hon insåg att han stod bakom henne.

"Så mysigt hus. Har du bott här länge?"

"Hela mitt liv", svarade hon medan vattnet kokade.

Han nickade.

De drack te under tystnad.

"Jag har ett förslag", sa han.

Vem var han som kom hem till henne och hade ett förslag? Vadå för förslag?

"Du verkar gilla havet", sa han.

Nu var det hennes tur att nicka.

"Jag orkar inte bo kvar hos min pappa längre, så jag undrar helt enkelt om vi kan byta bostad. Det kanske låter helt galet, men det kan ju vara värt att testa."

Aurora spärrade upp ögonen. Menade han allvar?

"Jag behöver vila", sa hon när de fingrat på sin tomma temugg en stund.

"Fundera på saken och ring mig när du bestämt dig", sa han. Räckte över en liten lapp med ett mobilnummer och försvann ut i mörkret.

Aurora kom på sig själv med att fortfarande gapa. När hon såg sig i hallspegeln såg hon ut som hon sett ett spöke. Ville han på allvar bo i hennes barndomshem?

8

Rolf tuggade och tuggade. Köttet var segt och växte i munnen. Visste inte hans son att han saknade de flesta av sina tänder? Det var genant att berätta. Nick tyckte att han klagade från morgon till kväll så det var bäst att vara tyst.

I servetten spottade han ut den seniga köttklumpen och försökte gömma den under tallrikskanten. Han bet sig i tungan när Nick kom in i sovrummet för att hämta tallriken.

"Var du ute och körde bil i flera timmar igår? Jag sover ju mest hela tiden, men visst var du väl borta länge?"

Sonen nickade och var på väg att lämna rummet, men så stannade han på tröskeln och vände sig om.

"Jag träffade en tjej. Jag kanske ska flytta."

Rolf fick en klump i halsen. Det var som om han hade svalt den där köttgeggan och den satt sig på tvären. Han hostade och hostade, det rosslade i bröstet. Nicks blick förändrades och orosrynkan i pannan var tillbaka. Han var så lik sin mamma.

"Ska du flytta ihop med en tjej?" pep Rolf.

Nick skakade på huvudet.

"Om du tillåter det, så flyttar hon hit och jag flyttar till hennes hus. Vi funderar på att byta plats."

"Lurar du på mig en hemtjänstarbetare nu igen?" klagade Rolf.

Inom honom rev och slet sorgen. Ingen orkade med honom. Hans fru Agneta hade lämnat honom och nu var det Nicks tur att vända honom ryggen. Var han så vidrig?

"När flyttar du?" viskade han.

"Inget är bestämt än, pappa", sa Nick och lämnade rummet.

Han sa pappa, tänkte Rolf och somnade med sorg i hjärtat, men också en tår av glädje i ögat. Han sa pappa.

9

Aurora

Nicks besök blåste liv i Aurora på nytt. Hon duschade, slängde morgonrocken, som hon bott i de senaste dagarna, i tvättmaskinen och klädde sig för en dag på jobbet.

Hon cyklade visslande till arbetsplatsen och undrade vad chefen skulle säga om hon bad om tjänstledigt ett halvår. Att bo vid havet var Auroras största och enda dröm. Hon kunde inte tacka nej till en sådan chans.

Nicks pappa kunde inte vara värre att hantera än några av de boende på äldreboendet. De fick vara bittra på ålderns höst, speciellt om livet inte blivit som de tänkt sig.

Det var precis det Aurora varit rädd för, att vara fast i huset hon hatade och bli bitter redan som tjugoåring. Det fick inte hända, vilket tragiskt liv.

"Välkommen tillbaka", sa kollegan. "Värst vad du är glad. Skiner som solen. Har du gått och blivit kär?"

I havet, men den förälskelsen började när jag var fem, tänkte Aurora och log.

10

Nick

Nick önskade att han hade varit gladare och mindre nervös när han hälsade på hemma hos Aurora. Det hade gått tre dagar sedan han besökte Nissafors och hon hade ännu inte ringt. Han insåg att hon kanske aldrig skulle höra av sig.

"Varför så deppig?" undrade pappa. "Jo, jag förstår ju att det inte är så kul att tvätta sin gamla pappa."

Precis då ljöd ringsignalen på mobilen som låg på laddning i köket. Nick slängde tvättlappen i baljan och rusade till köksbordet.

"Nick", sa han anfådd.

"Är du ute och springer igen?"

Han kände igen hennes röst. Det var Aurora.

Nick sjönk ner på golvet med huvudet lutat mot köksskåpen. Han väntade på att hon skulle fortsätta tala.

"Jo, jag undrar...menade du allvar med att byta bostad?"

"Ja", svarade Nick. Orden stockade sig i halsen och han fick inte fram det han ville säga. Ville hon flytta till havet, trots pappa?

"Jag tänkte att jag kanske kann komma och titta på huset på lördag om det passar", sa hon.

Tårarna rann ner för Nicks kinder. Var det sant? Skulle han slippa detta helvete?

Samtalet avslutades och på något sätt lyckades Nick få fram att Aurora var välkommen till helgen.

"Sitter du på golvet och gråter?"

Pappa hasade fram med rullatorn som stöd. Han var näst intill naken, men hade lyckats få på sig en stor skjorta men inte knäppt en enda knapp.

"Hon kommer på lördag", viskade Nick.

11

Aurora

Bilresan gick smidigare, kanske för att solen lyste upp höstlöven. Aurora kunde inte se sig mätt på den sprakande färgkavalkaden. Hon längtade efter att se havet igen och när hon närmade sig och det stora blå uppenbarade sig tappade hon nästan andan.

Nick stod på parkeringen och väntade på henne.

"Har du med dig din blå baddräkt?" frågade han.

"Badar gör jag på sommaren", svarade hon.

De gick mot huset under tystnad.

"Vad heter din pappa?" frågade hon när de var på väg att gå in.

"Rolf", sa Nick och kanske var det ett styng av oro hon skymtade i hans blick.

Jag är van vid gamla sura gubbar, ville hon säga, men de var redan på väg in och hon ville inte att Rolf skulle höra henne.

Huset var ljusare än mammas och från köksfönstret såg hon havet.

"Här är pappas sovrum", sa Nick och gick före henne.

I det ljusa stora sovrummet låg en liten farbror och sov med öppen mun. Skäggväxten var ljus och gles och på huvuden fanns bara några fjun.

De gick vidare.

"Här är mitt rum. Och om du vill så är det snart ditt", sa han.

Hon nickade och önskade att hon kunde byta sovrum med Rolf. Nicks rum hade inte havsutsikt. Hon skakade på huvudet åt sina egna tankar.

"Känns det inte bra?" sa Nick och fick en bekymmersrynka i pannan.

"Jag ska fundera", ljög Aurora.

Hon visste redan vad hon ville.

"Nick", ropade Rolf.

Aurora följde efter honom in till sin pappa.

"Det här är Aurora", sa Nick och svepte med handen mot henne.

"Vad i fridens dar gör du här min vän. Här bor bara tråkiga karlar", sa han och log.

Hon såg att han hade glimten i ögat och trodde att de skulle komma bra överens.

Nick följde henne till bilen.

"Min pappa är väldigt krävande, så jag förstår om du inte vill bo här efter att du träffat honom. Vi kommer inte så bra överens och jag tror att det är bra för oss båda om vi får en paus från varandra, men jag förstår om du inte vill."

Aurora hade redan bestämt sig, men hon sa inget.

12

"Skötte jag mig bra", undrade pappa.

"Tråkiga karlar", muttrade Nick.

"Ja, särskilt roliga är vi ju inte."

"Tala för dig själv", sa Nick.

Han behövde komma ut.

Det var något med hans rum som Aurora ogillat, om hon bara berättat vad så kunde han fixa till det.

Blåsten fick honom nästan att tappa andan. Stranden låg öde, på långt håll hörde han någon ropa efter sin hund.

Aurora hade lovat honom att höra av sig om några dagar. Nick orkade inte med ännu en lång väntan.

"Vad tyckte du om henne", frågade han pappa när han serverade honom mackor till kvällsmat.

"Hon verkar snäll", svarade pappa och för första gången på länge hörde Nick honom säga något helt utan sarkasm.

13

Löven virvlade längs vägen. Aurora gnuggade ögonen, först det ena, sedan det andra. Tröttheten gjorde sig påmind. Hon hade sovit oroligt sedan besöket i Laxvik. Det var som om havet kallade på henne. Hon kunde inte koncentrera sig på jobbet och bestämde sig för att ta bilen till havet och få allt klart.

Det var fredag och hon hade ännu inte ringt till Nick. Mörkret låg som ett täcke omkring bilen när hon nådde havet. Det lyste fortfarande i köksfönstret på huset.

Hon knackade länge innan Nick öppnade.

"Aurora", sa han förvånat.

"Jag vill flytta hit", sa hon.

"Vill du?"

Han tog hennes hand och hon blev ställd.

"Förlåt. Kom in", sa han och backade för att ge henne plats i hallen.

"Vem kommer så här sent?"ropade Rolf.

Nick var på väg att ropa till svar när Aurora sa:

"Jag tar det."

Hon såg i ögonvrån att Nick stod i dörröppningen till den gamle mannens sovrum.

"Jag tänkte flytta hit", sa hon.

"Det menar du inte", sa Rolf.

Aurora tyckte sig se glädje och förväntan i hans blick.

14

Nick

"Det är sent. Jag bäddar rent i min säng och sover själv på soffan", sa Nick.

Han mindes fortfarande hennes mjuka hand i sin. Ville vara nära henne.

"Tack", sa hon och hämtade sin väska i hallen. Hon stod och såg på honom när han bytte lakan.

"Kan vi prata om allt det praktiska med att byta hem imorgon?" undrade hon.

Han kunde inte sluta se på hennes läppar. Var de lika mjuka som hennes händer? Han nickade.

Den natten sov han inte många minuter. Nick var så rädd att något skulle hända som fick henne att ångra sig. Tankarna blev värre och värre ju längre han var vaken. Hade hon lyckats smita förbi honom och resa hem? Han kämpade för att låta bli att se om hon låg kvar i sängen.

15

"Ta med mig till frukostbordet", bad Rolf.

Nick tittade oroligt på honom.

"Jag ser att du fastnat för den där unga damen. Jag lovar, jag ska sköta mig."

De åt frukost och Aurora dokumenterade allt som sades. Ibland bet hon på pennan och fastnade med blicken på havet. Nick kunde inte sluta titta på henne och hon kunde inte sluta titta på havet. Precis så hade Agneta också suttit som uppslukad. Han tyckte synd om sin son som träffat en ung kvinna som hade samma längtan till havet som hans mamma.

Rolf önskade att Aurora en dag skulle se hur Nick beundrade henne, men han var inte säker på att det skulle ske.

"Så du betalar el, internet, vatten och sophämtning för mitt hus och tar hand om min post och jag gör det samma för ert hus", sa hon och tittade från Nick till Rolf.

Rolf ville protestera. Hans pension kunde ju betala de där utgifterna. Lånet på huset var ju betalt sedan länge. Han bet sig i läppen med de få tänder han hade kvar. Jag håller tyst, ungdomarna för sköta detta, tänkte han, blundade och lyssnade på samtal om blomvattning, dagar för sophämtning och vad som skulle hända om någon ångrade sig.

16

Aurora

Aurora skurade köksgolvet på alla fyra. Hon kunde inte förstå att hon skulle slippa bo i barndomshemmet. Nick hade önskat att de skulle bo på prov i ett halvår. Det passade Aurora perfekt för det var den tid hon fått tjänstledigt.

Väskorna stod packade i hallen. Hon tittade på armbandsuret, Nick skulle komma om fyrtiofem minuter. Hon skulle hinna allt hon planerat att göra.

Han var några minuter sen. Hon stod i trädgården med nyckeln i handen. Bilen var packad. Det var som om nyckeln till huset brände i hennes hand, trots att det var en ovanligt kall oktoberdag.

Aurora längtade efter att lämna nyckeln till Nick, se huset försvinna i backspegeln och börja sitt nya liv.

17

Nick

Brevet från Tiffany till Aurora låg i handskfacket i bilen. Någon gång måsta han berätta för henne om hur han hittade henne, men nu var inte rätt läge.

Han såg Aurora på långt håll. Den röda kappan satt perfekt på hennes nätta kropp och det långa blonda håret var samlat i en tofs. Han parkerade och hann knappt ur bilen innan nyckeln till huset låg i hans hand. Hon såg lättad ut.

"Jag skyndar mig hem till din pappa", sa hon.

Nick hade hoppats att de skulle hinna prata en stund, kanske att hon skulle visat honom runt, men hon hade bråttom iväg.

"Han sover middag, så ingen brådska", försökte han, men hon var redan på väg mot sin bil.

"Tack", ropade hon och lämnade honom ensam kvar.

18

Aurora

"Vill du ha brunsås eller gräddsås till köttbullarna."

Rolf fuktade läpparna och svalde som om han letade efter smakminnen.

Aurora hade det bra. När Rolf sov middag fick hon en timme eller två vid havet. Och när hon lagade mat såg hon det stora mäktiga blå utanför fönstret.

"Brunsås", svarade Rolf.

Aurora kunde inte förstå hur Nick kunde tycka att hans pappa var så besvärlig. Men hon visste av egen erfarenhet att relationer till föräldrar kunde vara komplicerade. Hennes mamma och pappa hade aldrig försökt förstå henne. Trots oändligt många teckningar som föreställde havet hade de inte frågat en enda gång vad havet betydde för henne eller varför hon målade det så ofta.

Hon skulle ha svarat då som nu: Jag känner mig inte hemma här, men jag känner mig hemma vid havet. Det är som om saltvattnet och allt som bor där under ytan förstår mig. Kanske hade de blivit ledsna men hon hade behövt prata med dem om det. Tiffany förstod. Hon vågade ställa frågor och blev aldrig besviken över svaren.

"Vi borde åka till havet oftare", hade hon sagt.

"Du fastnar med blicken på havet igen", sa Rolf försiktigt och väckte henne ur sina minnen.

"Förlåt", sa hon. "Din mat är snart klar. "

Hon stekte köttbullar och längtade till våren när han kunde gå barfota längs med strandkanten, men mest längtade hon till sommaren när hon kunde bli ett med havet igen.

19

Nick

Nick gick på upptäcksfärd i Auroras barndomshem och i skog och mark omkring huset. Hon hade inte nämnt ett ord om sin uppväxt, men han visste ju att hon ville bort från huset och det fanns kanske flera anledningar till det.

Det fanns fem rum och kök och han hade provsovit i alla rum och sov allra bäst i rummet längst upp till höger på övervåningen. Han var säker på att det varit Auroras rum. Han hittade inga bevis för att det var så men energin i rummet kändes rätt.

I bokhyllan i vardagsrummet fanns ett skåp med fotografier, några i pärmar andra osorterade i högar. Den minsta flickan i familjen stod ofta i kanten av fotot som om hon var på väg ut ur bild, som om hon inte ville vara där. Han misstänkte att det var Aurora.

En eftermiddag satt Nick i soffan i vardagsrummet och bläddrade igenom en hög med foton när det knackade på dörren.

Utanför stod en tjej som kunde varit Auroras tvillingsyster. Den enda skillnaden var att kvinnan Nick öppnat dörren för var brunett.

"Vem är du?" sa hon oförstående.

"Aurora bor på prov vid havet, så jag bor här nu", sa han och presenterade sig som Nick.

"Tiffany", sa hon avvaktande.

"Så bra att du är här. Jag har så många frågor till dig. För visst är du Auroras syster?"

Hon nickade och såg fortfarande ut som om hon var beredd att lämna huset vilken sekund som helst.

"Vi kan väl ta en fika och så kan vi åka till Aurora sedan", föreslog han.

Hon nickade och till hans stora lättnad tog hon äntligen av sig de snöiga kängorna.

20

Tiffany skämdes över hur hon först trott att Nick var en förövare som skadat hennes syster. Hon blev så chockad över att Aurora flyttat utan att meddela henne. Resan från England till Nissafors hade varit lång och hon saknade redan barnen, men visste att de hade det bra hos sin pappa.

"Du ville fråga något", sa hon och drack varm choklad ur den kantstötta muggen hon alltid valt att dricka ur som barn.

"Ja, allt gick ju väldigt fort med flytten och du var faktiskt anledningen till att det blev som det blev."

"Jag?"

Nu förstod hon ingenting.

Den här killen var ju för bra för att vara sann. Men hon förstod att Aurora missat det helt. Hur det nu var möjligt?

Han reste sig och drog handen genom det blonda tjocka håret. Han försvann ut i hallen men var snart tillbaka igen. I handen höll han ett av breven som Tiffany skickat till sin syster.

"Aurora var och badade vid stranden där jag och min pappa bodde. Det var i somras. Jag trodde hon skulle ta sitt liv så jag livräddade henne. Jag blev så nyfiken på henne och skulle gå till hennes bil, men när jag kom dit var bilen borta men brevet låg kvar. Det var tack vare det som jag körde hit för att fråga Aurora om hon ville byta hus med mig."

"Bor hon med din pappa?"

Tiffany ställde ner koppen med sådan fart att chokladen skvimpte över.

"Ja, jag kom aldrig överens med honom, men Aurora verkar inte ha några som helst problem med pappa. Jag pratar med Aurora i telefon ibland och han verkar ha slipat ner sin vassa tunga."

Nick såg uppriktigt ledsen ut.

"Vad ska jag göra med brevet? Tror du att hon kommer bli arg när hon får veta?"

"Ilska är inte en av min systers känslor, så det behöver du inte vara orolig för. Saker är inte så komplicerade med Aurora, så länge hon får vara nära havet. Ge henne bara brevet och säg att det är tack vare det ni bytt bostad."

"Vad är grejen med Aurora och havet?" undrade han.

Tiffany hämtade en servett från köksskåpet och förundrades över att allt fortfarande var som mamma hade organiserat det.

"Hon förälskade sig i havet redan som liten. Aurora trivdes aldrig här med oss och med huset. Hon sa att ha-

vet förstod henne. Jag tror att hon mår allra bäst av tyst-
nad, bara vågornas brus. "

Han nickade och det såg ut som om han förstod. Hon
måste övertala Aurora om att ge honom en chans.

21

Nick

Tiffany körde efter honom på väg till Laxvik. Nick längtade efter att få träffa Aurora igen. Hennes syster hade fått honom att känna sig närmare henne.

"Hon står alltid som om hon är på väg ut ur bild", hade han sagt och visat ett av fotona från barndomen.

"Ja, och det var precis så det var. Hon trivdes aldrig här", hade Tiffany sagt och knackat i köksbordet.

Ju närmare kusten de kom desto mindre snö syntes i dikesrenen. Att bo vid havet vid den här årstiden innebar att snöblandat regn blandat med havsvatten piskade i ansiktet så snart man kom utanför huset. Han saknade det inte.

Under de månader som passerat hade han funderat mycket på sin relation till pappa. Mamma försökte han förtränga och han lyckades riktigt bra.

Han kände nervositet, inte bara för att träffa Aurora och berätta om brevet, utan också för att träffa pappa. Skulle hans sarkasm vara tillbaka så snart Nick satte foten innanför tröskeln. Han var rädd för det.

22

Aurora

Aurora blinkade och blinkade. Hon kunde inte tro sina ögon. Tiffany var i Sverige och här hos henne på västkusten.

"Du har flyttat utan att berätta", sa Tiffany med sur min men hennes ögon avslöjade glädje.

"Allt gick väldigt fort", försvarade sig Aurora och kröp in i sin systers varma famn.

"Kom vi går in", sa hon och vinkade åt Nick att följa med. Något var annorlunda med honom och Aurora förstod inte riktigt vad.

Solen gick ner vid horisonten och Aurora bjöd in Tiffany att sova skavfötters med henne i Nicks gamla rum.

"Ska du inte också sova över?" undrade Rolf när de var i hans sovrum alla tre.

"Jo, jag tar soffan inatt", sa Nick.

Och Aurora kände sig glad över beskedet. Varför var hon så upprymd? Det var inte bara Tiffany som fick henne att känna glädje. Det var något nytt med Nick, något som gjorde henne nyfiken. Killar hade aldrig intresserat henne, de var lika ointressanta som alla andra människor. Det här var ett nytt outforskat område för henne.

"Du borde lära känna Nick. Han är fin", sa Tiffany när de släckt ljuset och sagt godnatt.

Hon kittlade Aurora under foten när hon inte sa något.

Aurora rodnade under täcket. Hon mindes hans starka armar runt hennes kropp. Då när det hände var hon inte imponerad, men nu längtade hon efter att få uppleva det igen.

23

Nick

Nick valde att äta frukost inne hos pappa, så att Aurora och Tiffany fick lite egentid i köket. De hade ordnat havregrynsgröt och kokat ägg.

"Hon skämmer bort mig", sa pappa.

"Du har blivit snällare, varför?" undrade Nick.

Pappa hummade bara och hade inget svar. De åt under tystnad och Nick önskade så att pappa skulle säga något, men tystnad var ändå bättre än att vara elak.

Han lämnade sovrummet och hjälpte Aurora att diska gröttallrikarna.

"Vill du följa med på en promenad?" frågade han när de var klara.

Brevet brände som glödhet kol i jeansfickan och han svalde och svalde. Tänk om hon skulle bli arg på honom för att han inte berättat tidigare.

"Jag förstår inte hur du kan tycka så illa om din pappa", sa hon. Orden bildade små rökmoln i kylan.

"Han är kanske snäll mot dig, men mot mig är han alltid otacksam. Vi har aldrig lyckats få en djup far-son-relation och nu känns det som om det är för sent att laga. Kanske önskade han att han haft en dotter som du?"

Aurora la sin hand på hans kind en kort stund och den värmde ända in i hjärtat. Ögonblicket var över på en sekund, men han skulle minnas det en hel evighet.

Han tog fram brevet ur fickan och ville sjunka genom jorden.

"Det var tack vare det här jag hittade dig och ditt barndomshem", sa han.

"Var har du fått tag på det? I huset?"

Hon lät nyfiken snarare än arg.

"Det ramlade ut från bilen när du var här i somras."

"Så bra att du upptäckte det och att du hittade mig. Jag har funnit mig själv tack vare att vi bytte bostad."

Hennes ögon lyste i den svaga januarisolen. Han ville krama henne, men vågade inte.

24

Hur han överlevt vintern och våren visste han inte, men som i ett trollslag hade hostan gett vika och det tjocka sega i bröstet hade lugnat sig.

Rolf såg Aurora från sin säng tack vare kikaren. Hon stod i havet nästan helt täckt av vatten. Ibland blev han orolig att hon försvunnit under ytan, men så såg han henne igen och kunde andas ut. Hon hade suttit vid hans sida när dödsångesten varit som värst. Nu skämdes han över hur han betett sig. En vuxen karl.

När Nick föreslagit att Aurora skulle flytta in hade han fnyst åt sin son.

"Är hon från hemtjänsten?"

Nick hade skakat på huvudet.

"Hon arbetar på ett äldreboende men hon flyttar inte in för att ta hand om dig. I första hand vill hon bo här för att hon känner en samhörighet med havet."

Rolf hade skakat på huvudet och tänkt att tösen inte var klok, men ju mer han lärde känna henne desto mer påminde hon om Agneta. De hade samma mystiska ögon och verkade vara från en annan planet, visare, djupare och mer allvarsamma än de flesta. Och så hade de båda den där dragningen till havet. Han tyckte om det.

Han låg och lyssnade efter att hon skulle öppna ytterdörren. Det tog längre tid än det brukade. Kanske plockade hon snäckor eller stenar? Han hade sett henne göra det en gång när han lyckats sätta sig upp i sängen och kunde se mer av stranden.

"Vill du ha ägg och bacon?" sa hon och han ryckte till. Han måste ha somnat.

Han nickade och såg att hon hade på sig en klänning han inte sett henne bära tidigare. En blå med vita blommor, mjuk och följsam. Hon försvann ut i köket igen och snart kände han doften av stekt bacon sprida sig i huset.

"Jag lever igen. Det bittra är som bortblåst. Om ändå Agneta och Nick vore här nu, så att de fick se mig", sa han.

"Pratar du med dig själv?" sa hon. Han hade inte märkt att hon kommit in i sovrummet.

"Ja", sa han förläget och försökte sätta sig upp men misslyckades.

Hon ställde tallriken med mat på skrivbordet och hjälpte honom. Byggde stöd för ryggen med en trave kuddar och drog fram sängbordet som gick att ha över sängen.

"Det doftar gott", sa han och skrockade.

"Hoppas det smakar", sa hon och lämnade rummet. Han ville be henne hämta sin tallrik och äta tillsammans med honom, men hon försvann så snabbt.

25

Aurora

Aurora brukade älska att sitta ensam och äta i köket vid havet men nu kände hon olust. Något fick henne att ta med sig bestick och tallrik och gå in till Rolf. Sedan hon flyttade till huset hade hon blivit bättre på att äta regelbundet, när Rolf behövde mat kunde hon själv äta.

"Vill du ha sällskap?" undrade hon.

Han sken upp och pekade på skrivbordsstolen.

"Har du alltid älskat havet?" undrade han.

"Ja, sedan jag var fem år. Mitt första möte med det stora blå", sa hon och skrattade.

Nick hade sagt att hans pappa var arrogant och krävande. Aurora hade inte sett den sidan hos Rolf ännu.

"Vad är det som är så speciellt med havet?" sa han och torkade sig om munnen.

"Jag känner mig hemma vid havet, ingen annanstans. Jag har aldrig känt att jag passar in bland människor. Det kanske låter konstigt, men så har det alltid varit."

Rolf nickade som om han förstod, men Aurora hade hittills inte träffat någon som verkligen förstod. Det var som om hon var halv utan havet.

"Vill du ha mer?" undrade hon när hon upptäckte att Rolfs tallrik var tom.

"Jag är mätt och väldigt trött", sa han.

Aurora tog undan kuddarna som höll honom i sittande läge och han somnade under tiden. Hon visste att han inte hade länge kvar att leva. Hon behövde prata med Nick om det men senast de talades vid så hade hans frågor överrumplat henne, så att hon glömt bort att be honom komma hem.

"Vem hade rummet längst in till höger på ovanvåningen när ni bodde här alla fem?" hade han frågat.

"Jag! Varför undrar du?" hade hon sagt.

"Jag trivs bäst där", hade han svarat och hon hade inte vetat vad hon skulle säga. Vad menade han?

26

Nick

Nick längtade efter Aurora. De skickade meddelande till varandra ibland men ringde sällan. Ikväll ville han ringa henne.

"Du kanske ska komma hem snart. Din pappa är som en liten fågelunge. Han kanske inte har så lång tid kvar", sa hon.

Han visste att det hon sa var sant, men hur gärna han än ville träffa Aurora tog det emot att träffa pappa. Deras relation var förlorad sedan länge.

"Jag snickrar lite i er snickarbod och har fullt upp med det", ljög han. Det enda han gjort var att laga två av köksstolarna som var vingliga.

Grönskan runt huset var så vacker helt olikt den torra, ljusa vassen vid havet.

"Du kanske kan komma hit och hälsa på någon dag", sa han.

"Inte nu när han är så svag", sa hon och han skämdes att han inte var där och tog hand om sin egen far, men han orkade verkligen inte.

27

Aurora

"Du hostar inte längre. Det är bra", sa hon och klappade Rolfs magra hand.

Han log svagt till svar och somnade.

Aurora ville bjuda Nick på middag men varje gång hon skrev ett meddelande med inbjudan suddade hon ut det igen. Hon hade aldrig varit på en dejt och vågade inte. Tänk om han inte kände samma.

Varje gång hon var ett med havet saknade hon något, hans starka armar runt sin kropp. Hon som alltid tyckt att människor var svåra att förstå sig på, längtade nu efter en människa lika mycket som hon längtade efter havet. Kanske var det halvåret vid havet som fått henne att hitta sig själv och öppnat hennes ögon för kärlek.

"Ge mig mod", viskade hon till havet innan hon gick in till huset igen. Hon vågade inte vara ute länge. Ville inte att Rolf skulle dö ensam.

28

Aurora

Aurora hade sett det förut, människor som fick kraft från en osynlig energi innan de tog sitt sista andetag, men det här var något utöver det vanliga.

Rolf skulle ut, ner på stranden, bort till havet. Hon försökte tala honom till rätta, men han lyssnade inte. Den lilla kroppen kämpade med rullatorn och till slut såg hon ingen annan utväg än att hjälpa honom att nå fram. I sanden var rullatorn obrukbar och precis innan han föll fångade hon honom.

Snälla Nick kom hit, hann hon tänka innan han förlorade balansen igen.

29

Han sjönk ner med foten i sanden och vacklade till, på en sekund fanns hon där och fångade honom innan han föll. Vågornas kluckande fick honom att blinka för att förstå hur nära han var att nå vattnet. De senaste dagarna hade synen svikit honom precis som många andra kroppsliga funktioner, men känsel och hörsel var sinnen som skärpts sedan hon kom in i hans liv.

"Hur i hela fridens namn kunde jag ha sådan tur", mumlade han.

"Sa du något Rolf?" undrade hon.

Han vred på huvudet en aning och lät henne se hans tårar.

"Du är en ängel. Jag trodde inte på änglar innan du kom till Laxvik", sa han och höll åter på att förlora balansen.

Aurora hann inte fånga honom. Han föll till marken som en fura. Bakhuvudet studsade mot sanden och armarna föll bakåt. Det var då han kände saltvattnet med fingertopparna och sken upp.

"Jag hann till havet innan jag dog", sa han och i den stunden kände han hur alla världens hav band samman honom med Agneta. Han visste att hon satt på en vacker plats någonstans i världen och tittade på havet.

30

Rolf tog tag i Auroras arm.

"Hälsa Nick att jag älskar honom och att han var tapper som orkade ta hand om mig så länge."

Han tystnade och vätte läpparna med tungan och släppte greppet om hennes arm. Hon önskade att hon hade haft med sig en flaska vatten till honom.

"Jag var inte snäll mot honom. Jag saknade Agneta. Du är lik henne. Ta hand om Nick åt mig nu, Aurora", sa han.

Han blundade och hon trodde att han slutade andas. När hon lutade sig framåt öppnade han ögonen igen och log.

"Du gjorde mig till en snällare man. Det blev ett värdigt slut", sa han.

Som så många gånger förut såg hon en människa dö, men det här var annorlunda. Rolf hade blivit familj, han var inte en av de hon vårdade på äldreboendet, han var Nicks pappa. Han hade öppnat upp sitt hem för att Aurora skulle få bo nära havet.

Hon visste att han var död, men hon ville ändå känna på hans puls innan hon tog upp mobiltelefonen.

För andra gången i livet hade en människa berättat om sin sista önskan för Aurora. Det här kändes annorlunda, som en gåva i stället för ett straff.

"Nick", svarade han på första signalen.

"Det har hänt nu. Han skulle prompt gå till stranden, vara nära havet en sista gång. Och nu ligger han med handen i vattnet."

Tårarna rann och hon hyperventilerade. När hennes fötter nådde vattnet kunde hon andas igen. Hon ville känna Nicks starka armar om sin kropp, men hon visste att det var hon som skulle ta hand om honom nu. Det var hans pappa som låg livlös intill henne, inte hennes, även om det kändes så.

"Jag åker direkt. Jag hjälper dig. Låt honom ligga där. Han har det bra där han är nu. Fri från krämpor."

Han tystnade.

"Hur mår du?" viskade hon med kinden mot sanden. När hon tittade längs med strandkanten såg hon platsen där de möttes första gången.

"Jag är okej", sa han men hon hörde att rösten blivit grötig.

"Kör försiktigt" sa hon och la på.

Rolf vilade fridfullt på stranden och Aurora slöt hans ögon som ännu inte var helt stängda. Innan hon blev ett med havet tackade hon Rolf för allt. Sedan vandrade hon ut i vattnet utan att bry sig om att ta av sig klänningen.

31

Nick

Nick hade väntat på telefonsamtalet i veckor och varit säker på att han skulle känna sig lättad. Nu grät han som ett litet barn och var tvungen att stanna längs vägen för att tårarna gjorde det omöjligt för honom att se.

Hade han gjort fel som lämnat pappa hans sista månader i livet? Skulle han inte gått med på att byta bostad med Aurora? Han mötte sin egen blick i backspegeln och skakade på huvudet. Han visste inte säkert. Men han var övertygad om att Auroras barndomshem gjort honom gott. Men kanske skulle han inte tänkt så mycket på sig själv?

Det hade börjat skymma när Nick parkerade vid Laxvik. Han hade ringt begravningsbyrån när tårarna lugnat sig. Likbilen svängde in på parkeringen strax efter att han anlänt.

"Jag vill säga hejdå", sa Nick. Begravningsentreprenören nickade och satte sig i bilen igen. Aurora sprang längs stranden i riktning mot Nick. Hennes blonda hår smetade om kroppen precis som första gången han såg henne. Men nu hade hon en vit klänning. Hon kramade om honom och hans skjorta blev våt av saltvattnet.

"Jag saknar honom", sa hon.

"Jag med", sa han och tårarna gick inte att hålla tillbaka.

De gick hand i hand till pappa. Nick satte sig intill hans huvud och tog hans kalla, livlösa hand.

"Förlåt för att jag flyttade", sa han.

Aurora satte sig intill honom. Hon lät honom gråta ut, klappade hans rygg för att lindra skakningarna. Efter något som kände som en evighet sa hon:

"Han hälsade till dig. Han sa att han inte alltid var snäll mot dig. Att du var tapper som orkade ta hand om honom så länge. Han sa att han älskar dig. Han var tacksam, Nick."

Solens sista strålar slukades av horisonten och endast lampor från huset lyste så att han kunde se henne svagt. Han ville kyssa henne men vågade inte.

"Tack för att du fanns där för honom på slutet", sa han i stället och omfamnade henne. Sorgen gjorde honom orkeslös. "Kan du hämta hit honom?" sa han och pekade mot likbilen. Hon nickade och försvann ut i mörkret. Han ville hålla henne kvar, ville ha henne vid sin sida för alltid.

32

Aurora

Aurora tog farväl av huset och hade packat allt, även boken hon fått av Rolf. Den var värdefull för henne, som en bit av havet. Hon satt vid köksbordet och drack den sista koppen te med utsikt över havet, när ytterdörren öppnades och Nick kikade in i köket från hallen.

Han var nyrakad och hans aftershave var precis samma som den dagen han trodde att han livräddade henne. Det gick en rysning genom kroppen. Hur skulle hon kunna förklara för honom att hon ville att han skulle göra det igen?

De sa ingenting. Han satte sig mittemot henne, tittade på henne med forskande blick. Säg något, tänkte hon.

"Jag vill att du stannar", sa han.

Hon spärrade upp ögonen. Menade han allvar?

"Kan vi inte prova att bo här tillsammans? Vi kan ju hyra ut ditt hus."

Aurora hade aldrig vågat tänka den tanken klart, men innerst inne ville hon stanna, och om hon skulle vara helt ärlig var det inte bara för huset och havet. För första gången i livet var hon attraherad av en man, Nick. Hon ville veta allt om honom och hon ville att han skulle röra vid henne.

"Som vänner?" frågade hon.

"Eller mer?" undrade han.

Frågor till läsaren

Vilka känslor väckte novellen i dig?

Finns det något från novellen som du tar med dig i livet?

Det finns bara en som du! Du är unik! Världen behöver dig!

Tänk på det när du går här på jorden och duger precis som du är.